何忧 著

陌上何忧

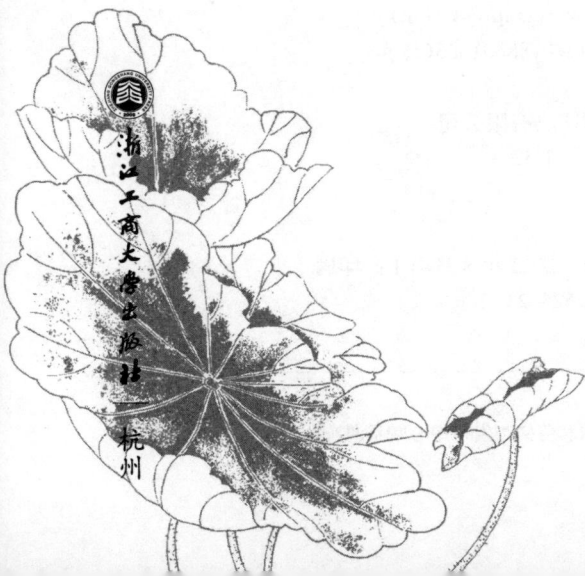

浙江工商大学出版社
杭州

图书在版编目（CIP）数据

陌上何忧 / 何忧著. — 杭州：浙江工商大学出版社, 2023.8

ISBN 978-7-5178-5625-2

Ⅰ.①陌… Ⅱ.①何… Ⅲ.①诗集—中国—当代 Ⅳ.①I227

中国国家版本馆 CIP 数据核字（2023）第 144963 号

陌上何忧

MOSHANG HEYOU

何忧 著

责任编辑	张晶晶	
责任校对	林莉燕	
封面设计	尚俊文化	
责任印制	包建辉	
出版发行	浙江工商大学出版社	
	（杭州市教工路 198 号　邮政编码 310012）	
	（E-mail：zjgsupress@163.com）	
	（网址：http://www.zjgsupress.com）	
	电话：0571 - 88904980,88831806（传真）	
排　　版	尚俊文化	
印　　刷	浙江全能工艺美术印刷有限公司	
开　　本	889 mm×1194 mm　1/32	
印　　张	6	
字　　数	117 千	
版 印 次	2023 年 8 月第 1 版　2023 年 8 月第 1 次印刷	
书　　号	ISBN 978-7-5178-5625-2	
定　　价	68.00 元	

序

"亮堂的火苗／温暖着细碎的日子"

伊 甸

很喜欢《陌上何忧》这个书名。"陌上",即田间小路。走在田间小路上,看着寥廓的天穹和苍茫的大地,看着大地上千姿百态的庄稼、树木、花草、鸟兽……世界万物挤着抢着涌入我们的胸膛。我们热爱、歌唱、沉醉——为什么还要忧愁、忧伤、忧虑呢?且慢!我这样的理解恐怕会让何忧撇嘴的。那么,让我换一种理解。我以为"何忧"的意思不是何必忧愁、何必忧伤、何必忧虑,它恰恰是一种追问:你的忧愁、忧伤和忧虑到底是什么?实际上,何忧在这部诗集中也确实在说她的忧愁、忧伤和忧虑。一个真正的诗人必须忧愁、忧伤和忧虑,当然,这种忧愁、忧伤和忧虑应该有阳光的澄澈,或者有大地的深厚。

在这本诗集中,何忧写得最好的是关于乡村生活的诗。她长期生活在乡间,乡野的小河、池塘、沟渠、稻田、麦地、菜垄、桑树林都是她的兄弟姐妹,她对它们倾注了内心深处的真情。她插秧、种树、养鸡、侍弄蔬菜……做什么都是一把好手。出人意料的是，她还把这些田野景象、这些农活尽可能地写成了诗。可贵的是，何忧写乡村时，她并不是以看客或者隐士的身份，优哉游哉地赞美乡野景色，比如古人的"正莺儿啼，燕儿舞，蝶儿忙""城中桃李愁风雨，春在溪头荠菜花""油菜花间蝴蝶舞，刺桐枝上鹁鸠啼"……而是把自己的生命、灵魂、思想都融合了进去。她是在通过乡野景色和乡村生活，来表达自己的爱、忧伤、疑惑，并展开自己对时代和人性的考问，甚至是对自己心灵的考问。

诗集的第一行诗便是"银杏树从他乡而来"。银杏树失去了故乡，我们都失去了故乡，失去了自己的根。我们始终在漂泊：我们的爱在漂泊，我们的精神在漂泊，我们的诗歌在漂泊……"银杏树从他乡而来/为一个江南的梦，选择和香樟树比邻而居/村庄被重新排列，从前的地名被安放在必经的路口……"村庄被重新排列：村庄也在漂泊。从前的地名被安放在必经的路口：没有恒久不变的事物，一切都风云莫测。在貌似轻松的叙述中，字里行间却隐隐透出一种惆怅，一种感伤。

"在一棵树的成长里/遗忘老榆树喂养的童年""湖水静静流淌，波澜很轻/像一个人的心事，不惊动旁人"……同样是在不经意的描述中，暗示人生的坎坷和波澜。

我与何忧交往不多，不敢说了解她的性格，但从仅有的几次见面中，我还是能感受到她的坦诚、直率、火一样的脾性。在她的诗里，她对人间、人性也是按捺不住地要揭示出来，比如她的《等一场雪》：

报告：除了启明星带着一丝亮的启迪
浦洋港没有一片雪花……
除了风、鸡鸣、狗叫
和提前进入白天的一个人
树叶开始尊重季节，满地玄黄
枝干赤裸于风中
像世间所有秘密，被一一剥光
如果还要等待，真的是等一场雪
盖住这人间，种种羞耻

　　在日常生活中，何忧肯定目睹和感受过人间的"种种羞耻"。她不回避，不隐藏，借"等一场雪"的特定场景，迫不及待地表达出她内心的愿望。她不甘心让自己的诗歌仅仅是无关痛痒的吟咏风月，她必须让自己的诗遵从内心的感觉——写出人间真实的愤怒和痛。

　　在《菝葜》这首诗中，她借"菝葜"这个词的生疏和复杂，写出自己对人性的怀疑，"他们说这果子叫菝葜/这字好复杂啊，我不知道怎么读/比如人性，我也是反复读不懂"。在《赶集》中，何忧有一个出人意料的比喻，"阳光在春节的前一天离开/像一个不负责任的男人"。这些诗句，都是何忧真实的生活状态和心理感受的投射。人间、人性，如此诡谲、迷乱、变幻莫测。何忧的诗常常能穿透事物的表象，进入人类精神世界的深层。

　　与此同时，何忧的诗也有对自己内心世界的直视和反思，比如在《修剪》这首诗中，何忧写道"一上午修剪蓬头枝杈的树/香椿、樱桃、李子、无花果/把所有横生乱长的枝,——剪去/也剪掉生命里不必要的存在"。一个愿意"剪掉生命里不必要的存在"的女性是理性的、内省的,她必将越来越美好,她的诗也必将越来越美好。

在《旧历年的雨》这首诗中,她希望"阳光干干净净,雨洗后/是清晨的惊艳,永生的温柔/我们,干干净净"。因为,她感悟到的人生真相是:"湖面辽阔,波光清幽/一只野鸭从水面飞起在水面落下/整个过程是存在,也是空无/仿佛是宁静归于宁静……"既然如此,我们为何不让自己的一生干干净净?何忧在很多诗里写出了自己对人生的种种领悟,但她没有把它们写成主题先行的哲理诗,而是在对自然万物和人间万象细致、独到的审视中,不动声色地传达出她内心的感觉。她的这些感觉往往是独特的、敏锐的、真切的、有感染力的。

以上我提到的何忧的这些诗作(还有很多这样的好诗),把独特的观察力、奇妙的想象力与睿智的领悟力融合在一起,显示出何忧——这个深居乡野的女子、生活压力颇为沉重的女子,通过诗歌——这门艺术中的艺术、文学中的文学,固执地追求着对现实的超越、对自己的超越。相信她将在这样的超越中进入一个她所向往的生命境界和艺术境界。当然,何忧还要做出更多的努力,不时地"剪掉生命里不必要的存在",在诗歌中剪掉与独特的观察力、奇妙的想象力、睿智的领悟力无关的不必要的存在,让自己的生命和诗歌更纯粹,更异彩纷呈。

2022 年 12 月 22—23 日

山里的时光

陌上何忧

山里的时光

镇南小区

银杏树从他乡而来
为一个江南的梦，选择和香樟树比邻而居
村庄被重新排列，从前的地名被安放在必经的路口
邻居可以重新选择，黄瓜藤在屋后攀升出旧家园的记忆
对门远嫁的姑娘跟随门牌号找到了昔日的玩伴
隔壁老王的痞气换成了长须的不羁
他从一个无业赌徒变成了镇南小区的安全管理员
他巡逻过的地方，马路宽至两车道
来来往往的人和车里，有一半为他叹息过
他提着帽檐走过，释放出一生的笑
路灯齐刷刷地亮了起来
一切都是新的，新的钢筋搭着新的钢筋
琉璃瓦、拱形门和红色的砖
是镇南小区的新貌，也是联新小区的新貌
篱笆墙换成了一米高的铁艺墙
葡萄架在为一场花事做准备
文前港的柳树遮住了水流的方向
老王和远嫁的姑娘一起登上了文化礼堂的舞台

拆

要拆房的前一天，雨来了
来得快捷又迅猛
仿佛为了清刷这久已蒙尘的大地
也是为留守的老农消弭尘土的困扰

轰，轰，一堵后墙倒塌了
最先倒塌的总是后墙
没有邻人观望，只有一群受到惊吓的鸡
和低飞的灰鸽
它们一起慌张地，躲到视线之外

一块砖背着泥沙的过往奔赴异地
一只凳几易其主支离破碎
酒红色的瓦从十米的高处跃下
苔藓在暗影里碎碎念念

它们是否怀着相同的梦想？
在新砌的花园里安放余生

在钢筋林的热闹里频频造梦
在一棵树的成长里
遗忘老榆树喂养的童年

春天，看一座桥

踩着春雨残留的湿润
去看一座桥，桥塍很旧
桥面很新，旧的仿佛还在岁月里沉睡
新的像一个世道被粉刷一新

福寿螺背井离乡，粉色卵球在桥墩上
隐匿起包藏的祸心

湖水静静流淌，波澜很轻
像一个人的心事，不惊动旁人

一些旧的东西被新的覆盖
花岗岩替代青条石更新了面子
旧桥墩穿上了铁皮的马甲
只有结香的香还是童年时的香

我们的天亮了

不再记得岁月还有多长
夜莺是否醒来
她的生日是否如常
夜不够深，没有思考完一颗星的表白
就将灵魂沉入无边未知
黑暗里，温暖破冰
黄嫩嫩的出生，扑腾出一片希望
布谷的声音叫醒一梦
同时，男欢女爱的天亮了

小日子

过小日子了，我开始养鸡，种花
修剪一棵树的前生
为一个窝，花了一夜的心思
让一块砖安身立命
一块石头守着泥沙混合的过往
丢了温暖的黑暗，用一支笔
勾勒出今生的一段，又一段
画卷不清晰，喝酒的人还在远方
春风张罗的宴席里
除了天空还是天空

寂寞的老屋

去看一栋老屋，也不是很老吧
那里没有炊烟升起
没有主人恭迎
只有最早的曙光可以取暖
杨梅长得越发青涩
以至于，一半的枝条已经枯萎
但不妨碍它依旧想，红在初夏的落日里
芭蕉树上没有芭蕉，叶子也不像叶子
以至于那个独自到来的人
变得更加孤独

桃花的秘密

把很多桃花排列在茶几之上
暗暗思索，如果一直看，一直看
是不是就可以破译桃花运的密码
看，每一朵桃花的花蕾都是密密麻麻的
听说都是雄性的，像排兵布阵
花瓣有三色，或许更多
排列成高墙的样子，防御严密
为了防止花粉越墙而去
我用一杯茶的时间
完成了它，保持忠贞的初衷

烟花之后这场雨

这雨是在这个季节下的吗？
农历七月算立秋了吗？
是秋雨？为什么这雨不像春雨那么温柔
也不像秋雨那么清凉
而是一波一波狂暴地倒下来
河水沉淀数日的清白
被这些莫名其妙的暴雨
蹂躏成一泓浊水
本已搁浅的石埠头
再次被水淹没
所有水草，莽撞的鱼儿
还没交媾的野鸭
都被粗暴地冲走了

修 剪

一上午修剪蓬头枝杈的树
香椿、樱桃、李子、无花果
把所有横生乱长的枝，一一剪去
也剪掉生命里不必要的存在

杂枝放成两堆
一堆是没用的，另一堆也是没用的

鸟在林间唱歌，风是和声
斑驳的阳光像张网
罩着我，罩着我的梯子

枝条还在一截截地掉下来
鸽子一会儿啄断枝，一会儿啄地上的光
它不告诉我断枝的味道，也不告诉我
阳光的味道

一支蜡烛

一支蜡烛，淌出山河大地
你看，灯芯躺在深绿色的烛里
一闪一闪，像是星星掉入海洋
蜿蜒的烛泪，一点一滴
汇成了丘陵的样子
田野的样子，河流的样子
线条曲折，像我们活着的样子
烛檐有好多形态不一的空
里面的空，连着外面的空
只有一闪一闪的光
把里外都点亮了，亮堂的火苗
温暖着细碎的日子

石埠头

春天的夙愿
就是要在河滩上垒一座石埠头
那时候,樱桃花飘扬
洁白的花瓣像雪花在告别冬的寒凉
柳树的嫩芽,都是希望的新生
我在搬石头,一块一块
重达百斤。七十有余的婆婆
一簸箕一簸箕地移除多余的泥土
耐心缓慢得像是在移除此生的负累

石埠头一级一级的
我们垒了九级
每一级,都在加固内心的良善
它坚硬且忠诚,是骨骼的榜样

樱桃红了,柳树垂了
离水面最近的地方
鱼儿跃上了岸,水草跳起了古典舞
我的皮肤更加黑了
是童年奔跑时的模样
是那一年,坐在石埠头上
许愿的模样

冬 日

山坡荒凉，铺满冬日的枯黄
一群头缠格子巾的老人
挥动着手里的镰刀，杂草纷纷倒地

直起僵硬的身子，跟老伙伴
互换眼光和笑容
"我扶的是你的腰"
"今天又赚了八十元"

然后继续躬身，挥动镰刀
西行的太阳
稍稍加快了自己的步子

碎成两半

把一个甏割成两半
一半用来喂鹅，一半用来种花
在这塑料制品横行的时代
人们早就忘记了泥土锤炼后的无害与坚固

人们不再用甏酿酒，或者腌菜
那些最浓的乡土味被一个个废弃在墙角
河滩和垃圾桶
有些被碎得无可复合，有些被弃置，无人问津
像时光的漏斗，总有一些事一些人
漏在了无人复制的过去里
除了这个甏，还能分成两半
一半喂鹅，一半种花

日常的温度

早晨，我轮番洗了两套茶具
精致紫砂杯，白色陶瓷壶
无法确定用哪一套来招待你
白色陶瓷是他送的
好久没用，蒙了厚厚一层灰垢
清洗多遍后，露出玉白光泽
我盯着它看，生气
污垢没有完全消失，像谁有意或无意
造就生活的困苦
从未彻底消失
白色茶具上的荷，像我和他的姓
方言里同样的发音
曾被你写成南辕北辙的风景，等同于
褐色紫砂和白色陶瓷
在一个消毒锅里，沸腾
再慢慢冷却

等一场雪

报告：除了启明星带着一丝亮的启迪
浦洋港没有一片雪花……
除了风、鸡鸣、狗叫
和提前进入白天的一个人
树叶开始尊重季节，满地玄黄
枝干赤裸于风中
像世间所有秘密，被一一剥光
如果还要等待，真的是等一场雪
盖住这人间，种种羞耻

静止的河流

阳光泻下来时，冰层透明
鱼群的告别比人类早一些
一对野鸭相伴很久
飞腾的自由，暂栖于冰光之间

薄冰之上的天空都是空
一脚踩下去
静止的河流分裂了

哦，河神的嘴是多大啊
那噬人的大舌藏在河床之下
它紧紧地一吸
我阳光下的身姿便陷入它的咽喉深处
黑暗无边

湖面荡漾，一切还会静止的
河神的吻，薄冰的美
以及你的牵挂

旧历年的雨

湖面辽阔，波光清幽
一只野鸭从水面飞起在水面落下
整个过程是存在，也是空无
仿佛是宁静归于宁静

我们是临时相约着看湖
在新年的第一天，我们习惯把旧历年当成新一年的开始
她穿着崭新的羊绒外套、皮鞋和修长的羊毛裙
分享着崭新的一切
我穿着旧历年的衣服，带着一颗告别的心
和洗干净的身体，说着旧历年的隐疾

湖上九曲桥如镜照人，是大年夜的一场雨
让柳条生出一粒粒翡翠，让白鹭的羽毛如换新装
喜鹊是成双飞翔的，仿佛是湖中插上翅膀的鸳鸯
一定也是被雨洗过的，它们的爱黑白分明

阳光干干净净，雨洗后
是清晨的惊艳，永生的温柔
我们，干干净净

赶　集

阳光在春节的前一天离开
像一个不负责任的男人
风摇动铃铛
丁零丁零，催人赶集

竹篮在自行车上摇晃
从前也一晃一晃

走在红灯笼悬挂的集市
制服和红臂章服膺于指示
熟悉与陌生的脸来回穿梭

乡音里有家长里短，香樟树比去年高了很多
红辣椒、红对联，穿起了喜悦的音符
招呼声、买卖声，唤出了新一年的热闹

待到春又来

待到春天又来
我们还能快乐地说起从前?
说起我们讨论过的词语和句子?
说起那些心怀热忱的菩萨
和用心不良的路人吗?
是否还会说起梦想
说起远方的山峦、河流、你的故乡
我的农事,我盛开的玉兰花,鸣叫的鸡鹅
忠诚的家犬,和付之深爱的小院吗?
当春天的温暖被凝固成寒冰时
我四肢疼痛,脑子混沌
即使春雷炸响,也迟迟不愿
说出夏天的邪恶

天空在流泪

一滴雨在天空，分割自己
用了敲醒大地的力量，整整一夜
又一夜

屋子里，他们在整装，在宣誓
为了一个陌生的、生病的城市

移动，以风的速度抵达
城市在失眠，对话换成手语
街道在呻吟，失去母亲的姑娘在街角颤抖
她明白的危险，没有转换成白纸黑字

一群鸟从头顶飞过，又慌乱分别
留下一只在枝头思考
飞走时，没有说出离开的原因
那滴雨，洒遍了山河大地

阅读与想象

发呆的时间越来越长
像一个接近痴呆的耄耋老者
除了没有喃喃自语

落日的余晖把过往扯得很长
柳树那么弱，又那么婀娜

这样的春光和落日，挂满了想象
想象一群无边无际的人
做着无边无际的事
或身披光芒，或坠入永夜

还有一群无边无际的人
翻弄着无尽的文字
看得懂的，看不懂的
都有一个意味深长的瞬间

你说要来

你说要来，让我不要准备饭菜
午时十二点，你说事情已办好
我想你饿着，我也饿着
我花半小时准备好一个汤一个菜

你来，汤真的只是汤
温度微温，像我们历经世事的心
你吃得很少，像一个人的日常
简到极简
一个豆制品炒青菜
青菜是新鲜的，豆制品不是
我们一起吃着
谁也没有说出其中的不好

寂行路上

必须戴上口罩，出行
在揪心一个月之后
柏油路空荡荡，街道空荡荡
人心，空空荡荡

空空的柏油路上是雾霾
忘记开花的海棠
和声声鸣叫的鸟雀
六十码，十公里，倒退的树
急匆匆
前方，空空荡荡
方向盘指向家的方向
家里有鲜花和食物
炉火和白酒，有温暖和温暖的人
还有墙上的春天
慢慢地走了下来

根　缘

整个下午我都在和树根交谈
目光承载它的纹理沟壑
与千疮百孔
西风薄情地飘过
卷土重来的旧疾隐隐作痛

树根以千变万化的姿态
用千变万化的语言
来揭示岁月的狰狞与祥和
来惊醒我日渐凋零的初心

轮回变得举足轻重
九头蛇在呐喊
剑龙在沉默
折翼的天使，埋进了沉默的大地

失恋的红馆

在这个陌生的地方
寻找一个叫红馆的饭店
抬头，找不到那日的方向
她一定是饿了
所以才会想到红馆，想到红馆里曾经的温柔

后来进了南方嘉禾
一个接近故乡的名字
里面有水果、点心、干果
和氤氲的仙境般的迷蒙
还有一壶陈年的铁观音
满了空，空了又满

她的身体在发抖
忏悔词也稳不住地抖
光影里，一个影子抱着另一个影子

壶碎了

她要爬山，我说一个人能做的事不要两个人
她说，和我一起爬才完美
总是被她的温柔征服，而后煮一壶白茶出发

一起出发的还有天青色的茶杯和一大包零食
所有准备是细致，也是贴心
更是这一路相伴的美好

壶很重，我们借了一种力量带上山顶
像是一只手给另一只手的力量

山风吹来，壶碎了
枝影都乱了
她说，如果风不来
壶就不会碎

风渐渐重起来
水慢慢流淌着，石头湿了
心事也湿了

一首无法寄出的情诗

这满院的花盛开了
芍药、月季、含笑，还有格桑花
种花的时候，就想着把每一朵花都献给你
尤其是走过运河之后，尤其是
在那一个拥吻之后
长时间在岁月里播种思念的人，收获了长长的夜
三百六十五个数字堆积的夜
被如来拥抱的三百六十五个夜
记不清数字的人，却能记住每一次醒来后的思绪
有些可以保存，有些选择遗忘
在无法明亮的漆黑里
组织了几个句子，挑了一朵高原的花
希望看花的人，和组织句子的人
都是温暖的

会醒来

会醒来，在黑暗与黎明的交界点
在快乐与忧伤的分界线
在梦与现实的恍惚里
不敢诉说，因为天还没有大亮
完整的情诗还没拟好，新的忧虑开始萌芽
鸟鸣声还在抗议，沉疴的过往
一滴汗从胸口滴落，似离家出走的魂魄
你还在沉睡，没有来得及说出"爱我"

情 书

很多时候世界特别安静
黑夜在黑夜里流动

摸着一本还没送出去的书
思考《两地书》是情书还是情书？

黑夜无言，一个游戏文字的人
很难临摹自己以外的情感

那场暗恋已经很久
就连时间都开始着急

这呼之欲出的
是胜过《两地书》的
一封真正的情书

正午的阳光里

正午的阳光，山风很冷
一块老石头方方正正，凿印里
故事方方正正
栎树叶飘荡着，山头八十的老翁下落不明

邻居奔走相告，警服也在奔走
他的老婆骂骂咧咧，长相奇异
告诉路人，她的老头外出采花

山风多冷啊，老翁在梅树下睡了一夜
破烂的斗笠和破烂的土布衣
迟钝的双目，他的风姿？
八千多的退休金
都变成了传说

救援的人里，是制服，是邻居
是一个个不消费他价值的人
山风很冷，流言很远

银　杏

这些绿色是从三月出发的
走到银杏树上
用了整整一个冬天
这些绿，绿得明明白白
躲躲闪闪

叶子在枝头舒展，枝干离天空很近
挺拔得像一个无惧岁月的青衣老者
它执扇而立，慢悠悠说着明朝的事
唐朝的事和宋朝的事

我试着和银杏说话，探知八百多年前的故事
那时的山风、空气、泉水和阳光
是不是和现在一样的干净、温暖
也一样的薄凉

啄木鸟的声音从枝头响起
咚咚，咚咚
像是几百年前仅有的语言
咚咚，咚咚

短　视

醒了很久，大概有两个小时
风声太大，以至于不想抬起脚走出门
忘记，有多久没有去看海了
那种临风而立的坚强
默默在岁月里失声
那种醒来就想说出的理想
也没有在日记里留下痕迹
那个向往已久的远方
已经被时光腌渍

光来了

光从枝头进来，我们各自转山
蜘蛛被照耀成一盏诱人的网灯
翠云草的新衣赛过了路人的笑脸
他从他乡而来，用一炷檀香
在我行过的路边，留下归乡的印记

蝉鸣从早到晚，起伏跌宕的声音
足以令人间失语。比丘也在转
他诵经的声音没有盖过蝉鸣的声音
为此，路人齐齐停步
双手合十，收集了光一样密集的咒语
为人间轻声吟诵

正好是雨

正好是雨，正好拉开窗帘
正好有一首诗，在心间缓缓流动
帘外爬山虎细细的叶子
像是张开的青春的热烈
矮墙上的络石藤如此翠绿
似轻巧的女子，向着百年的柳杉而去

雨在叶子之上，亮着
它的光不高于一座墙，也不低于一颗心
就这样在阳光之外，莹莹地亮着
知了换着不同的分贝，我在分辨不同的植物
我们都在不同中求取大同
然后饮一壶酒，赏一帘雨
一切都是正好

尖叫与沉默

一只蚂蚁从我的床上悠悠爬过
触角轻颤，传送着别于人类的信息
霉味从各个角落里蔓延开来
解释了隐世的真相

床头橘红色的灯，据说加持了温馨
我忍住尖叫，翻阅着费大师的诗集
那里，爱情如惊涛骇浪
和邻床的尖叫声一般惊世骇俗
夜，未曾表露一丝在意

橘红色的灯同样无动于衷
尖叫声还在继续，温柔被动休止
蚂蚁在打转，她也在打转
他们一个转向死亡，一个转向重生

赶在你们沉睡之前

赶在你们沉睡之前，我悄悄起床
简单出行，像一个人的简单的问候
雨伞落在了隔夜的梦里
轻掩的柴扉，通达放我出行

青苔吸收了过多的雨水
在地板之上完成了绝美的乔装
行人毫无防备地跌倒，龇牙是另一种明白
雨一直下着，好像它的任务是为潮湿一颗心而来

七百多年的台阶上尘埃已成过往
庞大的柳杉树，曲折的麻栎树
被岁月挤兑的雪松，和枯槁成冢的大树王
都在你们沉睡之前，和我
——相识

修补一张网

修补一张网，有两年的时间
缝缝补补四五次
网的面积很小，不捕鱼也不捕蝉
而是用来打捞善男信女留下的烛泪
和在人间飘浮的尘埃
我数了一下这网的破洞，每次有五六个
仿佛信众心中的愿求，总是不止一个

烛台下的储水池多脏啊
是收集了人间所有的污垢吗？
补好的网开始执行它的任务
一网是烛泪，一网是浮尘
打捞无数次后，烛泪已清
浮尘也已清

而人心却不知要修补多少次
才不至于泄露那么多，背向阳光的事

无非更替

麦冬柔弱，伏在阴霾之下
西风开始上位，小城日渐冰冷
蛛网飘着无根的身姿，轻轻地
像谎言，游荡在真理之外
紫薇的叶子泛出生命的底色
胜过了春天的绿，却没有胜过心底的忧伤
那些过度夸大的声名和过早消失的得意
是一样的，无非更替

宿睡书房

一个人睡书房，和雨声做一次对话
梳理带伤的往事
眼眶里的泪比雨水更满

一生有多少个一年呢？一年有多少个三百六十五天呢？
没有人会回答

一个人睡书房吧，可以和衣而睡
可以不用洗澡
可以不见任何人
可以独自拥有完整的夜
也可以一抬头，就看见故事在讲故事

一个人的老地方

从天亮坐到天黑，在一本书
和一部手机之间
游走，没有一个人询问我的来去
前方有塔，不表示它的心情
和我一样冷漠
路过的牧羊犬很美，跟在华服女人的身后
用一根上翘的尾巴，战胜我可怜的傲慢
有人在交流，声音自南往北流动
来不及关闭六根，就像来不及关闭
沸腾的流言
他们在说江湖，和江湖的传说
我问过真相，像追问一个男人的爱那般认真
他们说和我没有关系，并郑重鼓励
黑夜来得很快，以至于忘记去看海
也没有去老码头，怕老码头的铁
镇不住消隐的往事

一只老鼠已经死去

鸡冠花热烈地开着
忘记了低头，它为秋天的凋零
奉献了完整的热烈

一只老鼠在夜里横行其道
它偷吃鸡的粮食，也偷吃人的粮食
仿佛它的一生都只为偷窃而生

它流浪着，从梁顶到地下
从田野到城市，从黑暗到黑暗
它没有固定的家
像那个女人，从一个男人的怀抱
流浪到另一个男人的怀抱
始终没有一个窝可以安放它的贪婪

它的眼睛如此黑亮，智慧超过了人类
它从梁上走过，掉进不是陷阱的陷阱

被人踩住的时候，它反咬一口
在扭曲中告别了它的一生

至此，一只老鼠已经死去
至于死因，就是以上陈述

红墙内外梅香起

站在红墙之外，佛门悬于深山之间
影子西斜，喜鹊在廊檐间回旋
冬天还没走远，红梅在白梅之后
掩去尘世的对话

风轻轻吹来，带着早春的温暖
细嗅，一香接一香的喜悦

阳光与树枝折叠成往事
重重叠叠，叠叠也重重

一个人收集墙内的梅香，佛前的檀香
无声地替代心尖的薄凉

坐着吧

坐着吧，坐着可以听到风在拔高芭蕉的声音
隔着黑暗和流年
就剩下叶子破碎后的凋零
想起来，比破碎更碎一点的
是这人生
墙头的灯亮着，存的是太阳的光能
白天的亮和夜晚的亮都来自太阳
为什么，一个亮得温暖
一个亮得薄凉

咸咸的水

天空把雨水挂干的时候
眼睛开始补充水分
窗外的绣球花只露出一个花蕾
而尘世的风，重重叠叠

就这么坐着，听风细数往事
建盏里，雨水渐渐平稳
不知道咸咸的雨水啊
够不够浇盛一朵花

湘家荡

湖面有点浩荡，吹来水族的暗语
他们在笑，一圈一圈的故事在风里流传

桐油味里飘着告白
越过棕榈树、椰子树
越过沙滩，越过人们的笑脸

乡村留在了博物馆
柜子里那本崭新的相册和各种旧物件
像这时代的语言，失去了再造功能

像儿时向往远方的梦

突突的声音由远而近
引颈长望一只万吨货轮

船身长长，从低于水面的面前驶过
这长，看起来比远方的远还要长
浪花溅起一朵，两朵，三朵……
船尾有鲜花，盖过了童年的荒

长长的万吨货轮，长长地远去
水花溅起，加温的故事渐凉
向往远方的梦，也渐渐远去

让雨水缝合大地的伤口

地球表温39℃，裂痕在大地上游走
植物背负灼伤的痛，人类开始躲避白天
雨在云端里跳舞

枫叶在院子里摇晃
蜡梅的枯枝伸向天空
祈求雨从云端里下来

风从东方而来，奔告他乡的消息
是夜，是大地，是更为沉默的时候
雨来，声势浩大
在夜色里，缝合每一条被烈日啄开的伤痕

白鹭洲又安静起来

白鹭洲又安静起来
想起来，我有好几个年头没去了
她仿佛也告别了好几个前生
从老柳树的消失，到乌柏树的挺拔
从一个亭子的消失到一个亭子的重建
从一个岛的荒芜到一个岛的新生
我们渐渐遗忘的风景
只有天空和湖水保存了人间故事

木头栈道在永安湖上架起悬空的风景
一边是水，另一边也是水
鸡笼山在游人的镜头里云烟俱尽
湖水清幽出自由自在的鱼儿
喜鹊在香樟树的枝头筑巢成家
清灵的鸟鸣声在廊檐的尽头一声盖过一声
只有我们嬉戏过的草坪
我们，再没有来过

蝴蝶岛

人们用新的稻草铺盖出旧亭子的模样
旧的亭子里继续长出新的亭子
山茶花在晚来的节气里保持沉默
我在2022年腊月来到这里
口罩是唯一的通行证
在广阔的湖边，沉寂的蝴蝶岛边
用保持距离来学会什么叫文明和礼貌

岛似一只蝴蝶伏在水面之上
熟悉的人已经去了另外的地方
吊桥一直吊着
西湖人家饭馆在帮我翻新记忆
从前的人物在陈列馆里陈列从前
我在文字里重温来过的时光
深望着静默的蝴蝶岛
树叶和湖面同样静默
包括野草和远方

南北湖之南

是南北湖的南湖
扁舟三叶是它后来的风景
我看着它们时，总以为是先哲们的幻身
比如阳明，比如徐渭，比如黄宗羲
他们不发一言，却有千言万语从他们身边荡过

芦苇荡间，一双野鸭忽而腾出水面
忽而潜入水里
用在水面的时间
你啄我来，我啄你
完成了一场鸳鸯般的赞歌

松鼠在你的眼前
从一棵树跃上另一棵树
"吱吱"的调皮声

仿佛在告诉路人
它一生的自由与灵动

远处，还有一个专心的人
操控着航拍的无人机
把这一颗嘉禾大地上的珍珠
留在了岁月的影集里

陌上何忧

在出生的地方

看一朵云由一只鳄鱼变成兔子
再变成一只老虎
不晓得它们哪一个更强一些
在空中，它们个个听从风的指挥

很少再有时间在离母亲很近的地方散步
那时候荷花都在远方
孩子们在虚拟世界里游弋
我在路边的光影里吮吸土地的原香

父亲的坟墓已经迁址
他坟头的柏树连同自留地一起消失
如他所愿，他和母亲
一个在空中，一个在地下

寄棉衣

天凉了，当薄的被子捂不暖凉的身心时
才发现立冬已经过去好些天了
雨水中，院子湿了又干，干了又湿
给孩子的棉衣已经延迟了几天
他冷或者不冷，都没有直言相告

我是喜欢买衣服的，漂亮的衣服
从小就被父亲下了丑陋的咒语
所以这一生都想更换新衣
孩子的衣柜里黑色居多，如我童年的颜色
所以我给他增加了橘色和绿色
我也想给他下一个咒语：
阳光和自信

想那日

想那日，独自走在没有阳光的剡溪岸上
香樟树多么大啊，整个林道都被覆盖了
青石板躺平了，等一个影子重叠另一个影子

民国大院真的像是沉睡在民国
晚间静谧，晨间依旧无人
数不清的石臼里种了好多绿植
只有青菜的样子，惊醒了人间烟火

一辆老式的自行车横躺在博物馆的旁边
博物馆除了门面崭新
旁边都是荒的、不荒的地
老汉在地里种菜，卷心菜还没卷心
蚕豆的种子又播下了
尽管他在地里匍匐前进
我还是没有怀疑他曾经的身份是农民

如果有一天

如果有一天，你先我而去
我要在你起身后的地方躺下去
重温一场人间的欢爱
你要留下你前途的密码
在下一个空间里等我
一起冲破黑暗的桎梏
奔向永恒的光明

夜宿青籁

这是一条狭长狭长的水坝
可以供两个人并肩，一个人思考
水坝的一头是海，一头是青籁
青籁门框上的蔷薇保留着春天的梦

芭蕉树只有一棵，栗子树也是一棵
还有一棵好大好大的猕猴桃树
我踮起脚尖也够不到的猕猴桃
仿佛是一个传说散开在枝头

原本我还带了灵魂一起入眠
窗下一枝芦苇在微光里摇曳
远处有船，灯光把故事点燃
我把故事丢进海里
海里，星星没落了

在有海的地方

找个有海的地方住下来
在天黑之前叫回栗子
酒醉之前分清爱人
歌声响起之前，点燃烟花

眼睛望了大海很久很久
一艘船在海里忽明忽暗
山坳里的灯亮了一夜
我躺过的漫长黑夜
星星也躺过

山的山腰

回到我拥抱过风月
也被你拥抱过的地方
络石藤褪去了粉色
一拨一拨的人走过
他们的交流里都是尘世的琐碎
我始终闭目不言

一只鸟儿执着地鸣叫
它的声音盖过了他们交流的声音
我打开心扉跟一棵树倾诉
树说：康复了
是的，我扛过了那一年的病
也扛过了这一年的病，康复了
我把所有流浪的梦埋进梦里
后来，一朵云飘过
像他和她，从来没有说过分手
却再也没有相见

在奕仙城的一角

很久很久没有在霞光普照时过来了
以至于错过了露珠发光的时刻
蚂蚁奔告的真相
小鸟传达的流言
在一片绿竹中间
两棵牺牲的水杉树
枯色落叶的痕迹自证了消亡
同时制造了人间的不安
沙沙的声音仿佛弱者的呐喊
我假装睡去，让细胞复制另一个我
像一场雪复制另一场雪的模样

在横港村

已经把一些句子在心里提起无数次
又放下无数次，像这场盛夏的雨
盼了无数次，念了无数次
终于在各怀春秋的人群里
洒落在横港村的湖畔

雨不是很大，像是从别处浩荡回来
几间迷你型的民宿有蜘蛛在看护
乌篷船在湖的中央
船家不在，船娘也不在

狗牙根我是第一次见
看它像一条哈达一样在田埂上铺开
我就升起了喜欢田野的心
近处，水稻的叶子已经陌生
是紫色，然后还可以变成彩色

耕犁的、播种的、插秧的、施肥的农民
在稻田中央站成雕塑
讲解员说水稻是水稻
但它不是可以食用的水稻
我静默，于阳光下收集无形的露珠

火红的等候

所有火红都在等候
墙上的黑白和黑白里的夜莺
子夜的琴声，庄重的表情
包括裸露的双肩和童真的羊角辫
看着她十指流动，脊背弯曲
像一个谦卑的礼佛者
朝圣她的音乐

大理石如流觞河，幻影重重
器皿和灯光寸步不离
迎客松走出画面守护她的安宁
人群告退在人群之外
她和火红的钢琴
火焰花般在流觞河上盛开

在无花果地里

又要开始发誓了
在拿起镰刀的五分钟之后
在那些不知名的草儿
连根离开土地之后

这样斩草除根的想法由来已久
尤其是在一场暴风雨后
无花果落了满地
野草越过了无花果的枝头

我开始怀念那些鸡在树林里的日子
草籽被啄来啄去，它们没有逃跑的翅膀
不敢发芽，不敢和大地做爱
所有的野蛮生长都在一爪之下

汗水从小宇宙向外奔涌
在割完一条沟的野草之后
在满地零落的无花果面前
我要发誓，离开这片土地

我不再歌颂野草
也不再歌颂大树
为此我将受到惩罚
所以，我必须忏悔

在梧桐大街

三十年前，我在梧桐大街上走过
在凤鸣公园里留影
黄色的乔其纱，黑色的A字裙
齐肩发飞扬的梦想
那时梧桐树不大，自行车很多
三十年后，我驾车从这里驶过
街道很宽，天空很广
齐肩发卷起了梦想
无人机在头顶飞过
我来不及问它的去向
眼睁睁看着一朵云把一朵云按住
我离开，飞机远去

在路仲

我来的时候，柳树壮年
春天远去。枸树从斑驳的内墙里探出新绿
铁皮的门封着青瓦的墙
从前与现在交叉出无边遐想
九十二岁的老太太在断肢的太师椅里向东而坐
我不知道她能不能自由行动，她的头发很白很白
仿佛所有往事都已澄清
她的儿子在隔壁吃饭，屋子里只有母子俩
我路过她的老凳子，没有坐下来
所有陈年的腐味在屋子里蔓延
她让我停留，跟我讲她的出生：
从老屋子里出生，也将在老屋子里离开
我除了知道以上两句话
和她坐在椅子里的姿势
姿势里的微笑
没有知道更多，关于她一生的消息

在南北湖

这湖面辽阔，所有旧痕迹都不在了
我们留影的水榭不在了
想起来这里是不是还有一段深情
而今，旧照片还在
记忆的弦没断
他们远去，芦苇留了下来
成了那一年唯一的见证
此刻人烟杳无
雏菊把整个村庄开满了
炊烟不再燃起！
我安静下来，收拾起骨子里的野性
回到这里，在山的怀里
湖的眼里，天空的温柔里
和自己交谈

一个人看月亮时

容易把往事牵起
芦苇带着浅咖色的冠羽
星星晃动着大片的泪光
想起那一夜同床而眠的人
被天际传来的咒语声消灭了涌起的情欲
抑或是情欲从没升起
那时候你不是男人，我不是女人
好像我们是两尊隔着山河的雕塑
脑海里有月亮，有星星
有红酒，三文鱼和木瓜的晚餐
唯独没有你，拥抱我的温度

清　晨

阳光爬上墙头
它越过的山海静默
云海静默
两只松鼠在墙头
一只北上，一只南下

早 餐

一碗粥，粥里一个蛋
蛋里撒上盐，只有盐了
那些油、酱油、腐乳、味精和醋
以及比这些更丰盛的调料和菜肴
我都忘记了
包括生命的困顿，休眠与醒来
我像那片停留在冬天的梧桐叶
既没有掉下，也没有新生
只是静静等待
虚无里的，虚无

烧 卖

人间有色，烧卖一客
她亲手做的
里面有肉末、洋葱、胡萝卜、香菇
还有她重新排列的爱情模式
糯米很糯，如他们迟来的爱
烧卖很卷，一层一层
在她的手里变出多样的颜色
小小的烟火，在八十平米的屋里
一日一日盛大起来

一忽儿

一忽儿看书，一忽儿看手机
一忽儿听情歌，一忽儿听经书
一忽儿笑，一忽儿哭
一忽儿翻相册，一忽儿照镜子
一忽儿回到从前，一忽儿幻想未来

秋天的奶茶

凌霄从墙外探了进来
带着东方的一抹光
花朵悄悄盛开
仿佛怕惊醒这一院的宁静
喜鹊在枝头报喜：
是他来了，时隔多年以后
带来了奶茶、鸡腿和薯条
他们在回忆相识的年份
八年抑或是九年
一年见一次抑或是几年见一次
我从一个普通的农妇变成一个更普通的农妇
掌心的纹理越来越粗糙
而他脸色红润，手指白嫩

衣装干净规整
隐隐的幽香散发着幸福的味道
我们从那一年的红辣椒聊到已经长高的小叶紫檀
从菖蒲的死亡到香椿的耸入云天
从他的艰苦创业到天伦已享
时光在茶间流淌，红酒在案头
封锁着香，也封锁着他们的故事

土地的愿望

一生像草，在很少离开的故土里
长出背井离乡的情绪
手背有点肿，是刻骨的疼痛
想了想这二十多年的朝夕共苦
不过是人间泡影

拎起喂鸡的桶
去打听土地的愿望
土地裂成无数道沟壑
裂缝里种子撑开黑暗
努力长出庄稼的模样
长出入云的理想

暮春心情

带他认识田野和田野里的植物
一棵玉米的形状和小麦的穗子
喂鸡的草是哪一种
包括我种的月季和菊花
告诉他如何挽救一棵濒死的橘子树
他在后面跟着，不在意田野的芳华
理由很简单：穿着拖鞋呢
是啊，穿着拖鞋走近田野
像没有扛枪就上战场的士兵
我穿旗袍的时候，也不去田野
生怕去了，人间会多出一个笑话
提着篮子，手握镰刀
田野里虫子、淤泥和无数的植物
他毫无兴趣
甚至不提及昨夜的冰雹
坐下来吧，一个人
在田埂的长块石上
细数植物的名词
不关心疫情、形态和存折的数字
我带着我，驾着春风
在田野里，在心间上

变迁不迁

一辈子住在乡下，从出生到中年
不接触繁华的人是生不出欲望的
她说，来看我的小院
小院的花没开，乱石子堆满半生的忙乱
我的树，在一个小坑里生根

提前打开院门，望着城市的方向
清楚她的跑车上不了三十年没变的田埂路
弯曲的小桥上，高跟鞋的声音咚咚作响
她在门口的水井边卸下大城市的气质
拎起水桶舀水，无邪的笑
稳住了我生来的卑微
我拥有的理想就是这样
你不嫌弃，一院宁静
一屋花香

在袁花听雨

荷溪街是古老的
它的古老由一棵庞大的合欢树证明
梅雨季的天，几把雨伞沿街行走
少许店铺灯光亮着
"新华书店"的字体陈旧
和养生馆隔街相望
养生馆除了招牌在，老板应是不在
书店里，书包和学习用品挂满了橱窗
可能在等待一个个三胎的来临
在他们没有识字之前，书籍
或许不需要陈列出来
雨点时急时缓，灯光从树叶间穿过
绿色变成了黄色，黄色还是黄色
我从一个过客变回过客

在面积十三亩的枇杷地里

十三亩的土地并不辽阔
十三亩以外的麦田很辽阔
它们相互推崇，像浪一样
枇杷和麦子的颜色都是帝皇色
无边无际的黄
我走在预制板铺成的田埂路上
寻找水稻的祖籍

青苔爬在枇杷树上二十年有余
母鸡在它的楼里生蛋
鹅在天地之中，对人类警惕
晒谷的水泥场地上，黄桦遮盖了岁月
阳光在祖屋之上
书画替代了农耕
水稻已离乡多年
小鸟衔来野草的种子
在田埂上播下人世间所有的真相

今日份，心伤

你说拔牙了，说的时候车窗外的天很蓝
心情却阴沉起来
我设想有一天老去，也要拔牙
要掉光头顶的白发
皱纹也开不了花了
没有能力照顾你了
那一天，我会死去
坟头放满了鲜花
眼泪从地底漫上来
我在天空之上
看着他们给自己办了一场葬礼

读《菊花简史》

若不是《菊花简史》里提及的名字
我是不是已经忘记
从这个名字里走来的一路悲伤

汉良，是一个人的兄弟
也是一个人的父亲
他们一个活着，一个死去经年

名字里，不一样的生途
在《菊花简史》里不期而遇

我几乎忘记他的出生和死亡
他的方言和银牙下的微笑
还有白色菊花里，他一生的火爆

驮

柿子树驮着柿子
鲍公堤驮着"卧龙"
南北湖驮着青山
青山驮着云朵
云朵驮着虚无
我驮着心事
驮着我走过的岁月
和出生的乡音
像一个句号驮着天空

立冬，北里湖

立冬，天阴下来
还下着雨，仿佛黑夜已经来临

丝丝的北风，卷动枝头余剩的绿
我在冷风里，长出一身的阳光
去抵挡骤然降临的冷
北里湖的水雾缥缈出整个江南
我躲进树洞里等一个人
等他过来相见

然后我们说一棵树，一瓶酒，一座桥
唯独不再说曾经
说生活的沉重
说北里湖的那场诗会
说时光里迷失过的温暖

夜行商玉客栈

从一抹夜色里，挑出芦苇的明亮
在老桃子树下，我们说起橘子的味道
起初是三人，后来变成了七人
而我，把自己放在橘子树下

企图分辨一个橘子的雌雄
以证明，它们各有各的追求

大红灯笼在檐角挂起
一个女人在旧屋子里突破贞洁

紫金山隐没在酒酣里
没有一个酒醉的人
愿意说出那一夜的秘密

等风也等你

你来，我不跟你说财富、名望和成就
说那些我抵达不了的虚妄
我要跟你说我的树、我的花
我每一块亲自搬运的石头
一只鸡的出生、狗的忠诚
鹅蛋喂养的未来
如今，我的树挺拔高大
它们分别是玉兰、银杏、红枫、蜡梅和含笑……
石头在河岸守望，鸟雀齐鸣
我坐下来摸摸我的小狗
再跟你说说，我二十多年来离开父母后的日子
和父母离开我的日子
我孕育的孩子、花朵和树木
墙外，阳光普照
我打扫完院子，扶好紫罗莉的枝干
法国茉莉的藤蔓
让石斛吸足整日的水分
然后，等风，等你
等未来明媚

四月，不关心疫情

不关心疫情，那些冰冷呈上的数字
和我体内的湿气一样寒凉
也不关心酒醉的人在何方
人群里的纵欢
他们的酒精燃烧不了我体内的寒毒
四月，是呐喊，是沉默
是穿白衣的人在人间开花
不能说的话在跑步

含笑在夜里飘来五月的希望
我关心起一位几十年的朋友
我们很久很久不见了
我把生活的挣扎和理想封存
以至于，一个人
无法排除岁月的湿气

又是凌晨了，希望在朝阳升起之前升起
我胸前的水分在对抗体内的湿气
我清楚醒来后的痛楚是劫数未尽
而我，如何再拾起
持诵《金刚经》与《心经》的岁月
甚或是浪迹天涯的勇气
让自己的余生，满怀平静与恩施

三　月

三月，我听到了青蛙的声音
是来得过早，还是来得过早
毕竟邻国硝烟，疫情再起
野鸭悠游着，是不谙人事吗
艾草青翠，是春天生长的希望吗
那柳条，摇摇晃晃
如这人间，摇摇晃晃
被铁链锁住的摇晃，被封锁起来的摇晃
湖边，野菊来了
香椿来了
春天一切可以食用的都争相来到
一丛丛一簇簇
它们脆嫩的脑袋和嫩叶
免去我日常的开支
我在湖边发呆，看日渐翠绿的枝条
那里应该藏着希望
藏着时间的秘密

雨水之后那场雪

这场雪来得有点邪气
在雨水之后
在两片叶子的夹缝中
种上它前生的白
在湖面的波光里
结束它短暂的一生
四周还是绿的绿，枯的枯
分不清是春天苏醒着
还是冬天还没过去
我被这夜里飘来的冷气冻醒
去送一个归乡的人

方池路上

身体在黑夜的修复中醒来
城里的清晨总是晚于乡下明亮
那个明亮啊
在迟迟不生绿的梧桐树上颠覆秋冬
我隔一天就从这条路走过
由西往东，再由东往西
常常遇见遛狗的、晨练的、晚归的
就是没有一张熟悉的脸
可以让我以为
我依旧生活在这片
称为故土的土地之上
途中遇见一张张戴着口罩的脸
看不清年龄、身份和出生
包括他们的方言
我也戴着口罩行走
遇见路人自觉保持距离
有时靠墙面壁，有时低头默行

留守的花椒树

为了挖一棵树
我和朝阳一起出发
它奔向大地
以滑翔的姿势从村庄的屋顶下来
我奔向那棵树
以八十码限定的速度
一枝黄花从雾里走来
凋谢了帝皇般的骄傲
那棵树在城里，某区18幢的屋后
我没有拿锯子也没有拿铲子
以为城里人家的树
只有一个花盆的空间
可以拿了就走
树很高，想起了它的名字
"花椒"，它浑身带刺
像曾经的我，浑身带刺
他拿着锯子下来
看我空空如也的双手
比我还愣

一个来挖树的人
不拿一个工具
像一个对手在你面前
你却赤手空拳

从城西走向城东

从城西走向城东，路过几棵长眠的树
和好多清醒的树，除了网红桥纹丝不动
万物闻风而动
我听心而醒，在一张陌生的床上
像云和云的相拥，离开就是遗忘

两个穿着相同的人在晨练
风里传来佛乐的声音
大大的黑色塑料袋里
是鱼，是龟，是等待重生的蛙

太阳在它们重回大河前一直没出来
我在雨滴落下前一直没回家

多年以后

我们是否还能重逢
一起聊聊我们相逢的春天
和别离的秋天
聊聊这些年你重新爱过的人
和播种的花草
我们睡过的那张床，一起走过的路

彼岸花又盛开了
我没有记录好它盛放的美丽
也没有保存好它凋零的忧伤
我陌生般走过
在叶子还没出来之前
在我独自守候过的湖边

再躺一会儿

时针指在下午两点三十分
它不同于凌晨，阳光烈着
我被农活整瘫在沙发上
想起一上午的活，翻了地
种了秋葵，修剪了树枝
在无花果的地里琢磨
一堆堆虫屎的来处
米粒一样的果子冒出枝头
若不除虫，无花果将没有收成
想起橘子树死了，枇杷树蔫了
我找不到它们向死的真相
也找不到我活着的真相
在半辈子农民的生涯里
我不懂如何除虫，也没用药水除过草
上街，买来两种农药
一种用于除虫，一种用于除草
对于这两项技术，我都是初学
为此我在地里待了整整半天
向天空询问植物、动物和谐共处的方法
在土地深埋的黑暗里掏出生命的光

兰花酒

子夜适合睡眠，我醒着
兰花在高度的酒里沉浮
第一次喝这酒时，我就坦言了喜欢
喜欢是一种情绪，索求才是贪念

现在酒已经在案头，酒瓶也好看
好看的时候心里就起了贪念
如男人看见漂亮的女人
起而尝之，起而占有之
酒有点清甜，慢慢喝一口
把一口喝长久，把夜喝深
把故事，喝成月光

偶尔宅家

自从流行躺平后
我会偶尔迷恋这种感觉
可能是整天，或者是几天宅家
不接受任何邀约，也不去思考未来

有时进入一本书的情节
有时临摹一部经书的深邃
有时在清风里和铃铛说着各自的语言
有时走到院子里看一朵花开
更多的时候会喝茶，会刷剧
会玩抖音，会干家务，会做农活
如此，躺平又成了一个伪命题
她在听歌，旋律接近我的村庄
她写的字，狂草里有冷静
我们把各自投在相同的孤独里
谁也不去揣测，谁的心思

陪我喝酒吧

想喝酒想好久了
你却拿一瓶啤酒跟我喝
一瓶哪够我倾泻啊
那半世的忧伤

看雨把山路变成了溪流
鸟儿把山林变成了天堂
我却想踮起脚尖
在你的肩头，哭一场

三 句

很多年以前，我喜欢写三句
觉得每一种感情只需三句或者三字就可以
那时候我写了好多不同的三句
以为拥有了好多不同的情感
后来我只留下这三句：
明明是辽阔的一片天
执迷于背叛的那片海
淹死了也是活该

另一种死亡

雨，滴了一夜
她去世的消息从后墙传来
我仿佛看见她飘起来了
风起飞了
我也想起飞，哭泣声传来
哀婉像遥远的悲迓

小黑走了

是小黑，连续到我梦里
在我面前无声地流泪
我摸它的脊梁，骨瘦如柴
小黑，你已出走人间了吗
家里的门为你开着呀
被你咬过的花儿
每月都盛开一次
而你，来我的家里
春天未满，再无音讯

想念小丑

常常在这样的暮色里痴坐
把所有杂念融入杂念
他们说，我的命里还缺一只狗
或者一个属狗的人
我捋了捋，整整半生
没有捋出来一个属狗的人
而夏天，一只斗牛犬来了
它一见我就摩挲在我的脚边
用它老虎狗的别名
填满了一个属虎人缺少忠诚的遗憾

挤痧

这一生都为痧毒所困
常常在刹那间就难受到生不如死
有时是受寒引起的
有时是湿气引起的
大多数是被心情整垮的
刮痧，挤痧，还拔罐
只要是能够疏通血管的方法都用过
有时背部冰凉，针刺下去不见一滴血
就会怀疑自己，是否还有热血
碰触过我皮肤不带一丝欲望的人
都是给我清除痧毒的人
从离世的奶奶、妈妈到健康的婆婆
姐妹和我辗转山林遇见的阿姨
她们手法坦荡，言语慈爱
清除完痧毒后
都会拍拍我的肩膀说：站起来，马上好了
我站起来时，真的好了

洗眼镜

曾经有个人细致教我
洗眼镜的方法：用洗洁精涂抹镜片
用清水淋过
然后用干布吸水
从此，每洗一次眼镜
我的眼里就布满了星星

芦 花

起初芦花是完整的白
后来是摇晃的白
再后来成了残缺的白

灯光照在路的尽头
月色如雪，芦花也似雪
这雪一样的白，消失了的白

海 棠

躲避春天的海棠
像躲避一切假象
有人说不要说真话
我没听从，倔强地扯出了
花开的真相

我的孩

是冬日，天气没有那么温暖
阳光穿过窗槛斜斜地进来
越过他的发、他的眉、他的肩
他想弹钢琴的指尖
静静停在《福尔摩斯》旁边
听，他与书中人物的对话

立 冬

天阴下来，还下着雨
仿佛黑夜已经来临
北风卷动枝头余剩的绿
我在蜡梅树下，努力长出一身的暖
去抵挡骤然降临的冷
还想鼓起勇气找一个人说话
忽略所有情绪地找
或者放弃自尊地去找
哪怕说一棵树，一瓶酒，一座桥
唯独不能说爱，说拥有，说曾经
多年以后，我们白发苍苍
共饮一杯酒，重温合欢树旁的那束光
生活不再沉重
皱纹不再打架

立冬以后

立冬以后，我们去看一片芦苇荡
用他们的幸福牵着我的孤独
芦苇荡雪白雪白
像北方下的一场雪
且比雪飞扬得更忠诚
他们在固定的地方纯洁
在阳光下轻轻放光
西风吹来，带着尘世的凌厉
它们不停低头，低头

写给秋天

群鸽在院子上空飞舞
成千上万的翅膀在"扑哧，扑哧"
用惊醒大地的音量
在天空飞翔，盘旋
一棵桂的香，躲在秋天深处
云朵丢失的彩衣，在林间跌宕
无须用力醒来
透凉的黑夜里
总有一个执着的人
在每一个天亮之前
说出，爱你

扛浮木的女子

无法求证浮木从海里上岸的日期
它在海里漂浮的年月
我看到它的时候，它在海塘的角落里待着
我扛起它，浮木的宽度压满了肩膀
它所有的坑洼在对接我历经的坑洼
肩膀有点疼，浮木有点坚硬
我没有放下它
像迟迟没有放下的曾经

梦想有一个自己的房子

想有个自己的房子，这个梦想生出来时
我已过了半生，跌跌撞撞
房子不用大，平房也可以
三间，上面有阁楼
阁楼上堆满了书
雪花飘起时
我就可以听着音乐烤红薯
喝着红茶看着书
再隔出一间做卧房，一间招待你
厨房有酒柜，酒柜里有酒
等你来时，我们在书香里，酒香里，烟火里
浪荡余生

他们说下雪了

时值农历十一月末
朋友圈说下雪了，田野里少数稻子还立着
大多数已经倒下，这样的倒下说明这一年又丰收了
相比较，我这些日子的躺平
倒显得更为干净些，指收入
天气是真冷了
为了看看雪是不是真的来了
我得上街，去做个核酸检测
虽然昨天我穿着薄薄的衣服不冷
今日我乖乖穿上了厚衣厚裤
我必须适应气候的变化，环境的变化
一路上我看到从空中落下的
不知道是雪，还是雨
好像有停留的白色，又好像瞬间融化
熟悉的队伍不算长，在大面积核查之后
也有人抱怨人有点多
大多数人默默无声
只有队伍里婴儿的哭声响亮
可能，他只是单纯地怕冷
毕竟，他们说雪来了

2022年冬的第一场雪

这场雪来得有点早，蜡梅的叶还绿着
花朵开始含苞，它们的次序总是跟不上天气
月季花也像玫瑰般开放
雨雪来的时候，比春天更美些
虽然我听不到它怕冷的声音
杭白菊白得比雪更白
好多人隔离去了，我还自由着

雪来了之后
就听说有大人离开了
那时我们还在把酒言欢
还在一杯白茶的泡煮里言说这世间的慌乱
墙上的各种毛笔字和一盏温黄的宫廷灯
加上纷纷扬扬飘落的雪
足以治愈这人间疾苦

雪下了一天一夜

雪还在下，一天一夜了
天没有因此而白，大地也没有白
这时而大片时而零星的雪
告诉我们冬天真的来了
好多人在预言：冬天来了春天还能远吗
我不知道春天还远不远
我要离开家，去到飘雪的黄昏里
那里有一个舞裙飘扬的人
那里有一个撑着雨伞的人
大地黄叶飞扬，雪一片一片
街头行人稀疏，我们不管不顾
在雨雪交加的夜里生出相见的情绪

第二场雪来临之前

已经是子夜了
霓虹灯照亮了整个吾悦广场
庞大的明亮之下只有一个人在等我
赶生活的和被生活赶着的人
她是工厂休假后在亲戚这里帮工
亲戚觉得雪夜太冷给她打了车
我们聊起雪，聊起被婚姻分割的孩子
聊起她生活的艰难，雨雪的天气里
接孩子的电瓶车没有挡风玻璃
孩子的爸爸也在疲于工作
我们的话题在雪夜里渐渐变暖
在湖畔首府的岸边生出愿望：
在第二场雪来临之前
赶制出我们生活的来源

消失的风

"我不知道记忆的月光
"升起于旷野的何方
"只愿在繁星如梦的山岗
"与你并肩临风
"俗世俱忘"
不知道从哪里看来的诗
只一念及，便以为是相知
没有作者的具名
像那股风，消失的风
再也没有回来过

菝葜

首先发现这红色果果的是山鸟
那时候我既叫不出鸟的名字
也叫不出这果子的名字
我只想在石屋子的冷色里装点一些小太阳
山林很深，落叶很厚
我在这山里已经流浪了三年
随意在一棵树下盘坐，都以为是家园
照一束这果子在朋友圈，他们说这果子叫菝葜
这字好复杂啊，我不知道怎么读
比如人性，我也是反复读不懂
于是我备注了拼音，反复看，反复和人说起
直到他说要菝葜，直到我被菝葜刺破手指
直到菝葜在石城里变成一塑像

小镇一角

我到达的时候，黄昏还透着亮
推土机还没下班
小镇的老房子已经消失
一同消失的还有童年的故事
沿着这条河岸去影院和表姐一起看《画皮》
那个美丽女鬼掏心的举动血淋淋地在眼前
晃动
据说这里将要重建一座公园，和文化有关
在所有老屋消失的土地上，三棵香樟树还在
推土机开过的时候它们受了一点皮外伤
我猜测这皮外的伤会覆盖我血淋淋的记忆
好在若干年后，香樟树还会在落叶的季节里
诉说着今日和昨日的故事

潮退的时候

潮退的时候一个人去看海
海，沉默
不示爱，不作恶
像一个沉睡的汉子
我悄悄穿过他的肋骨
正好夕阳西下

凌晨的时光

其实你不必在这个时候醒来
连带把往事吵醒
把还在悦睡的鸟儿吵醒
明天很快把曾经忘记
又何苦在凌晨里茕茕郁郁

无题（1）

秋风吻上桂花的时候
我以为他们相恋了
结果他们一个回归大地
一个奔向冬天

隐庐遐思

银杏叶已经从树枝上下来
在长条石的街边跳着《化蝶》
香樟树庇荫的七月隐庐
新砌的壁炉，火还没有燃起
白沙从遥远的地方而来
卧在隐庐的廊前
我坐在火红的椅子里
采一束月光做成朦胧的婚纱
在所有青砖庄严的致礼下
完成影子与影子的婚礼

猫和松鼠

一只猫和一只松鼠在对峙
猫是攻击的姿势
松鼠是无防备的独步
时间持续了五分钟左右
猫发动攻势
松鼠迅捷上树
猫在距离树干一米的地方回向大地
松鼠向天发出长鸣

第一次喝酒

他说，今晚我们分享每个人第一次喝酒的经历
说完，四人各自沉默
他顺时针看着我：你先说
我先说？好，脑海里画面呈现
是酒杯吗？不是
是一个蓝边海碗，海碗里酒气还在
酒没了，父亲不在屋里
寻遍角落后才发现父亲蜷坐在猪圈的角落里
口吐白沫，却不忘交代遗言：
照顾好你妈妈和弟、妹
之后到他离开人世，再没发一言
那一年我十八虚岁，从抢救到送葬
全程除了流泪，也是不发一言
母亲为此大声骂我
那个蓝边海碗和我一样无声
在碗橱里待了三十五天
那一天父亲五七，人群散尽后
我拿出那个蓝边海碗倒酒
倒进去有声音，喝进去的时候也有声音

后来我的声音更大，是号啕的声音
我讲完第一次喝酒的经历
小青和志红没有继续讲

城里的夜晚

换一个窝入眠，墙壁洁白
五十年代的陈旧依稀可见
百叶窗遮住了城市的喧嚣
梧桐叶的故事治愈了一个人的夜
薄薄的被子，加热的空调
手机里读几行被他人游戏的句子
看懂，然后轻笑
忽略为此受伤的岁月
忘却青春痘掩盖的青春
亮出中年的额头
皱纹，坦坦荡荡

在灵广池

穿过嘉南线的四分之一
去见你，去饮一杯阔别经年的酒
藏了多少故事的酒
途中遇见陌生，遇见熟悉
遇见尘土从风里穿过
遇见夕阳静默不语

灵光池在临水的岸边
一条小舟，像极了母亲当年出嫁时的婚船
波光粼粼，垂钓者打探着
在隐秘的水下，鱼忘记了自卫
生命的博弈在天黑之前展开
我摘下帽子，对天地行礼

午夜歌声

他们在喝酒，在半夜里唱歌
在明亮的宫灯下
肆意造句，说出和爱恨相关的词语

酒杯铮亮，白酒里荡漾着曲折
他们给遥远的人打去电话
求证一个姓白的人是否还在
电话那头有人工留言：您拨打的对象已经不在
他们再一次把酒杯倒满
一杯敬大地，一杯敬远方

无题（2）

合欢花把整个城市的情绪都扰乱了
它去攀缘高大的银杏树
在才露尖尖角的荷叶上跳舞
横躺在葱郁的青草地上
跳进环城河里追逐一条沉思的鱼
它穿越了整个城市去播种
而城市，忙着守门

春天里消失的花朵

这满山的绿，似一夜奔来
山重回年轻的模样
风里传来一个故事
山的那一头，妈妈找不到她的孩子
我喝水的杯子有点发抖
从水影里掏出那个孩子的哭声
从哭声里看见了一个男人
把灿烂的花朵撕裂
撕裂的花朵
在新垒的坟头
寻找妈妈的身影

好消息

原本在醒来之前是没有多余好消息的
已知的好消息是今天要参加一个朋友的生日
要送一个朋友去远行
醒来后的第一个好消息就是
很多场所出入无须扫码了
为此我早早奔赴雨中，那时正好七点
七是好多事物的节点
午时又有好消息：诗集的事尘埃落定
为此我悄悄落泪
其实我好久不落泪了
这一天里，好消息接踵而至
分享的人都很友爱
我妹说，啥好消息都不如你准备出书这个消息好

麦子收割的时候

你说要来，来就来
还带了武夷野茶和当季水果
我待你的方法很简单
一只透明高脚杯、一只透明水晶碗
几样家常菜：香椿炒蛋、清炒菊花脑、白斩鸡和一碟花生米
我喜欢我是简单的，你是实在的
我们说起玉兰花连理的年份
含笑开花的季节
艾草是从娘家移栽来的
院子里所有的植物都在替换着岁月
我不会告诉你，他和她的故事
你也不用告诉我，她和他的故事
我们只说花草和孩子的故事
今天米酒的味道，茶水的温度
还有明日，我生计的方向

我在等光也在看云

这束光从机耕路上过来
狗尾巴草在我前方低头
我在更低的位置
在狗尾巴草的下方
云朵在头顶，在更高的天空
一半儿俯视人间
一半儿逍遥宇宙

雪水港之恋

是小雪节气了，雪还没来
银山的绿色还没褪去
马鞍山的春茶已经卖完
只有葛山的矿湖像一颗大大的翡翠
遥望着日日新的村庄
它们合心殷殷，等一场雪
雪来时，齐聚港里话春秋

想起来多年以前我来过
那时道路没那么宽广
彩虹还没在路中间蜿蜒
老茶坊在路边茕茕
行人匆匆，河港浊浊

多年以后，我先雪来时而来
广玉兰横跨了雪水港
像农人的秉性，谦恭又无华
胡柚挂满了枝头，芭蕉树绿得无牵无挂
白发苍苍的老人双手后扣
在八一桥上独步
慢慢悠悠，每一步都是余生的笃定

一栋栋别墅依河而建
屋顶琉璃瓦代替了从前青瓦
青瓦化作了美丽的花朵镶嵌在岸边的墙上
家家独立，家家相依
人们依港而居，港中有鱼，鱼在水草间嬉戏
好一幅小桥流水人家，清明上河
女子浣纱，炊烟四起

五十年的枣树望着二十年的枣树
叶子飘下来，仿佛是叮咛的语言：
我们要守住这雪水汇流的港，百年千年
让人们世世代代春有百花赏悦，夏有清凉荫庇
秋天硕果累累，冬日水岸听雪

水是江南的魂，它从远古而来
见证了一代又一代的变迁
历史回到七八十年代
雪水港是通向各地的水上枢纽
一条条大船在雪水港里来来回回
承载着大城市建设的重任
水里泛起的浑浊，是那时代的使命
而今，告别了它的水上运输时代
港上建起了坝，坝里储起了水
水里有了"森林"，"森林"上面有光
光中有伏

光伏中有能

苦草在水里翩翩起舞
吸引了小鱼寻水而来做它的舞伴
我仿佛听到了它们的对话与笑声：
我们纯净美丽的家园
来自岸上人们的重金打造和精心维护
才有了我们的悠游自在

突然间想化作一条小鱼
在清清的水里栖息出极乐的尘外
白鹭于空中飞翔而来
在睡莲的花朵旁轻轻降落
一幅美妙的"天鹅"舞图呈现了

在一公里左右的河岸边漫步
非遗米酒酿造的步骤图文并茂
呈现在农户的后墙
水上喷泉像一朵盛大的雪莲花
三人行必有我师也
他指着雪水港说：我要在港里养一对鸳鸯
一边鸳鸯戏水，一边白鹭蹁跹
回到八一桥上，向东望去，清水绕村
向西望去工业园区厂房林立，古树护岸
这一港清水两边
一边慢生活悠悠，一边快节奏匆匆

在山上的村庄里

多年以前，烟火背着所有家当去了山下
人们都去热闹的地方热闹去了
房子一年比一年老
多年以后，我重新来到这里浪荡
从爬满络石藤的石墙上找到了生命的力量
从一口古井里掏出了尘世的干净
无数的橘子树还在村庄里活着
有些被野草当作向上爬的根基
有些脱破了低处的缠绕挂满了果实
柿子树九十八年了
它的旁边没有了仰望的幼童
不晓得它百岁寿辰时
会不会在它的枝头挂满柿灯
替自己祝寿

西风下的蜡梅

西风已经卷起蜡梅的叶子来到我门前
我无法得知它们到来的目的
是向我告别，还是寻觅栖息
想起昨夜路边的恋人，说着淡漠的话
摸着伤心的身体
我是看着叶子发芽长大的
由浅绿的春天走到了金黄的冬天
看着蜡梅在枝头含苞，叶子凋落
仿佛在做一场生死离别
看着小小的花儿走过风雨
在某一个有光的日子里
开出无上的美丽
我已经模糊了种下它的季节和年份
像我们模糊掉的好多快乐
我还要看着它们落下
希望是在盛雪的时候
是你深爱我的时候

又一个凌晨

在咳嗽中醒来的
热空调也无法解锁身心的寒冷
蜡梅应该有暗香了
她已经开得那么美好
像昨夜梦里的梦：
春天提前来到，一大片油菜花
和一小排甘蔗苗

这个冬天
节气是按时来的
只是旧村庄里的老人们
没有按时进入
他们接二连三地赶着一场聚会
聚会的新会所里
设置了黑白两色
和"吭吭"的悼词

从前旧事

南北湖畔

人间半世清苦，乐也美景，忧也美景
闲得周末两日，雨也出行，晴也出行
出来方知这天，珠也一粒，雨也一滴
行至路口才懂，东也能行，西也是通
人生也如爬山，进也坎坷，退也艰难
望那一池残荷，怜也凋零，不怜也枯
湖中三五野鸭，飞也自由，游也优哉
还有后世未知，得也如此，舍也如此
天上地下人间，去也一时，留也一时
管他人间破事，喜也消散，怒也消散

飞 雪

从昨夜就听说雪要来
院子里还有很多不干净的地方
等醒来你就会掩盖我来不及清扫的尘垢
睁眼时我打开窗帘寻你
树上，屋顶，道间
那白色还没堆积，你飘忽的影子
在我的窗边轻轻闪过
一眨眼，你就消失了
而我还在等你
等你展开身姿
为这世间披上洁白的外衣

对年的追求

小时候最盼着过年
新年里有新衣、新鞋、新袜子
红烧肉、红烧鱼、老笋干、油豆腐包肉
是新年里的必备菜肴
客人一拨一拨地来
小孩子一天一天地等待
在正月十五以后，肉已炖烂
满溢的猪油放进米饭里
是那些年里最纯正的猪油拌饭
父母藏在柜子里的饼干
也会偷偷挖出几块解馋
那时候我们不知道烟花的模样
不知道春晚
不知道这世界是如此多姿多彩
我们纯粹追求着年的窃喜与岁的增长

现在新衣每天穿着
想吃的美食随时能品尝
那些饼干与糖果啊

早已不是我们的梦想
烟花在年夜之前照亮了夜空
我们对年的追求
悄悄地隐匿在记忆深处

书架，小时候的理想

贫穷会让人生出很多小梦想
比如有一个属于自己的书架
一张属于自己的写字台
书架上摆满我爱看的书
在写字台上书写好多好多未来
那时候年纪小，理想也不大
爷爷有一个废弃的小碗橱
我捡来，用白色的纸把破洞补好
涂上绿色的漆
放上我常常半夜还在沉迷的小说
把妈妈的嫁妆台
涂上白色的漆，就拥有了一张书桌
成就了青春时的第一个梦想

初二（2）班

生病的那一年，同学们忙着中考
我在奶奶的床上
用一碗鲫鱼汤修复我身体的创伤
学业已经落后，不愿留级的自尊
让自己在十五岁那年与学校绝缘
偶尔翻阅青春的笔记，那些名字依稀还在
大多数同学记不起来
二十年后，一场同学聚会
重新融入这个群体
不善喝酒的我，在热闹里慢慢喝醉
慢慢觉得，自己也曾是个学生

风一样的女子

你说等我的时候我放慢了飞翔的速度
我在你窗前掠过的时候
你说没有看见我
我离你而去，风一样飞翔
我飞过田野，穿过春柳
在樱花盛开的枝头稍息
穿越桃花烂漫的田野
看见双双对对的情侣
看见紫荆花盛开了
我飞过春天，飞过夏天
飞过海角，飞过天涯
风一般穿过你的梦
飞向那个没有疾风骤雨的天堂

宽塘，来过

走在那条不长的街道
还是青砖和青砖里的从前
陈旧的收音机唤起了青春的痴迷
水车、拖拉机、半掩的柴门
酒坛堆砌的景观，清水湍湍
零星的油菜花和水缸中的茭白
仿若把原生的野趣——圈养
我在长满凌霄花的拱洞下
回望人间四月
他深情的眼眸正好看过来

昨夜的梦

夜里有梦的时候，醒来就特别懵懂
梦里两个巨型的光圈，从东方升起
以为是后羿射日后重新复活的太阳
又或者是传说中的日月同辉
洁白的雪花在海平面上飘扬
一叶小舟满载盛雪
远近的岛屿有光芒笼罩
我站在海岸边
蝼蚁般向往

在月河

执一杯火红的液体
在古老的街角浅醉
一遍一遍回放你的名字
哪一个片段都无法把你漏掉
对着一束花默默
假装我已收到你无言的表白
雕花的窗槛，和暮春的雨
自觉伴奏出江南的曼妙
油纸伞下的碎花旗袍
仿如远古的仕女
款步在街巷深处
把酒吧里浪子的目光都收了过来

风过麦田

麦收季节，有微风
微风摇动青苇
青苇占据田野
一只乌鸦飞过
黑白分明的理想只剩下黑

站在初夏的田头
草籽与麦穗有着一样的轻重
稻草人和庄稼人穿着一样的新装

那个包种麦田的人啊
常年在"故乡"的风里思念故乡

记事本

小时候有很多秘密
一首小诗，一个男星的影视照
都会摘抄，粘贴在记事本上
暗暗喜欢，加上小锁
夜深人静时一个人反复阅读

若干年后重新翻阅
从前句子和从前日子一样平庸
那时候的秘密早已不是秘密
却一直没有一把钥匙
可以打开青春的枷锁

一　日

天将晓
文字煮饥疗
岁岁同时知更早
青丝未见老
天将午
日日行程忙
待到腹饥胃醒时
碗面和水饱
天将晚
缓急都归巢
月满星繁逾千年
何似人间欢

天　空

为什么喜欢看天空
因为常常看不懂人间无常
雨一拨一拨地来
刺激着大地的心脏
那束没有叶子的小野花
是彼岸花之外另一种生死不相逢吗
在那些令人难忘的往事里
你把情节伤透
我想把故事写旧

山乡前童

徜徉在前童的小巷
旧时生活的味道碰撞着我的思维
虚掩的柴门，推门而进时
耄耋主人用眼神拒绝
对不起，我应该为我的打扰道歉
我却找了一个原谅自己的理由：
没有窥探的恶意
想了解您是否守候着从前的淳朴

我却从您眼里读到了苍凉与排斥
仿佛我们是一伙入室抢劫的强盗
万般歉意从心底泛出
却在砰然的关门声里
微微心颤

左边右边

人有两个心房，左边和右边
一边住着快乐，一边住着忧伤
一边住着开朗，一边住着悲伤
一边住着浪漫，一边住着现实
一边住着野蛮，一边住着文明
一边住着童真，一边住着暮年
一边住着诗情画意，一边住着柴米油盐
一边住着欲望，一边住着清心
一边在远航，一边在静坐
一边住着晴天，一边住着雨天
一边住着文雅，一边住着粗俗
一边住着善良，一边住着恶魔
一边汹涌澎湃，一边平静如水
一边住着拼搏，一边住着懈怠
一边住着勤劳，一边住着懒惰
一边是慈母，一边是严父
一边住着温顺，一边住着叛逆
一边力争上游，一边玩物丧志

谎　言

谎言像轻飘的柳絮，既不发芽也不生根
读了好多卷文字后，人疲惫起来
像历经了一场长途跋涉
又像是云雨了一场过度的性事
一颗心从年轻时就被苍凉
便很少有激荡的时候
很多聪明的人用聪明的方法追逐执念
痛苦便如影随形
世间的谎言堆得比城墙高一点
并不表示比城墙坚固
要知道，真相是可以被细细推敲的
即使你如花般巧言，如蜜般惑人

痕　迹

十月的楦子已经远去他乡
一场梦境的辽阔是醒来时的孤单
影子无法和理想前行
所有生活的痕迹敲打成长长的句子
落在深深的夜里
偶尔和一个人聊天
那边在纵横千言
这边在默默聆听

夜的呢喃

黑灯瞎火的远方
摸不到家乡土地的心跳
反复从温暖中抽身
把一些故事传给西风
絮叨把灵感碾压成泥
他们的故事在岁月里反复翻新
由远而近的钟鼓声
冲破黑夜的寒冷
早醒的翅膀扑棱出黎明的光
我从光里掏出生活的花

溆浦西大街

行驶在溆浦西大街
斑驳的木门上，从前的桐油已经变色
搭链的锁，摸不到主人的温度
台阶已经被修补过，柏油路一路向南
计划生育的条语渐渐模糊
我悄悄驶过静悄悄的老街
仿佛一揿喇叭就会惊扰往事
雨从南门而来，带点曲折
老街湿漉起来

离　开

想要去一个陌生的城市
卸下所有的红尘错综
离开烟火里的灼痛
让灵魂去异乡漂泊
让风筝没有线

晨曦中的石桥

一些呼之欲出的词语在梦里跳跃
催醒我，去看看好久不见的石桥
听听水花拍打水岸的声音
远方青山如黛
晨曦中的水岸边，石桥断成了两种生活
一边是鸡犬桑麻，一边是车水马龙
光从光的方向而来
石桥走过了石桥的时代
那个曾经在石桥上穿梭的女孩
再也没有踏上这座桥

远去的二月

我在阳历的二月降临人间
您在阴历的二月告别人间
我啼哭着带给您为母的喜悦
从襁褓、蹒跚，到稳步人间
您无力的笑给予我伤感
从肥胖、瘦骨，到烟消尘世

有阳光的日子里
我常常想念
我剥好蟹脚您满意吞下

在西子湖畔，我们的合影里
您的年轻胜过了我的年轻
仿佛您从没病过，我从没长大
二月已经远去
您伸向我的手，我慢慢放下
在每一个青草复苏的季节
点一炷香以慰我们母女一场

清 明

一阵风吹过，田野里没有沙子
眼睛里却有溪流
一方田里装满了和母亲两人种田的记忆
春花已经盛开，四季里只有清明

墓碑前砌了五级台阶
多了怕她走起来累，少了又怕她受潮
她小房子的周围青苔遍布，父亲还在别处
她年轻的遗照已经掉落了从前的笑容
我隔着玻璃每每祈祷：
保佑我们健康多福
却总是忘记回向：一定要往生极乐

大年初九

可以自己扛起那桶纯净水了
我扛不起水桶的日子里
是因为丧失了敬畏
对病毒，对自然
这样静养的时间竟然持续了一月有余
咳嗽还有，盗汗还有，浑身都冷
像胡姓孩子寒冷的消失

万民奔腾的热闹静下来了
我一直静着，他们在讨论真相
我对所有真相都失去了讨论的兴趣
除了吃饭睡觉再吃饭睡觉

因为不晓得哪一天我也消失了

我一边熬药，一边想起孩子的话
活下来，好好活下来
对啊，好多人都没有活下来

后 记

2022年12月25日，圣诞节，虽说是洋节，依然喜欢，因为我喜欢它的寓意：平安。也是这一天收到伊甸老师给我诗集写的序，正值伊甸老师感染新冠病毒后。收到文件时我正行驶在路上，回家后细细阅读，然后泪流满面。伊甸老师在病中还不忘给我的诗指出缺点，却在文中予我过多赞美，或许优秀的老师都是如此，人后真诚指出缺点，人前却是给足了赞美之词。都说人生得一知己足矣，斯世当以同怀视之，对一个爱好文字的人来说，有人能从你的文字中读出你想表达的思想，这应该就是真正的知己。正如伊甸老师文中所说，我和伊甸老师并算不上熟悉，从前连彼此的文字都几乎没有阅读过。请伊甸老师写序不是我本人敢想的。在得知可以申请文化精品项目时，沈兄第一时间发我申请文件，我也终于有了想法，通过这个文化精品项目来出版诗集。其间和杨飞老师沟通，他问我准备请谁写序。我不知道，说实话我这辈子没想过我还能出诗集，小时候觉得作家和诗人是在我无法企及的撒哈拉沙漠里，或者是在已经过去的旧时代里。那时候喜欢的三毛、席慕蓉、琼瑶、金庸、贾平凹、路遥、大仲马、小仲马等，都在遥远的遥远，书里的花园和汽车，包括写书的人都归于梦想。而现实生活里我是一个早早就踏入社会自食其力并承担家庭开支的人，十五岁因病辍学，十八岁失去父亲，所以早早就无师自通了什么叫责任。小说、诗歌、音乐是我劳累之余的精神天堂。那时候在车间里上班也会带一本小说，满是老茧油污的手，洗干净的时候就会捧着小说，在废旧的纸板箱上练字；在一本本日记里写下对境遇的质疑和抗争；在午夜梦回时，去小说里触摸一下这贫瘠之外丰盛的理想生活。

写序，我想到的第一个人是钟姐，钟姐不在文学圈，却是我人生途中一盏指引的灯，但是她婉拒了。

而杨飞给我推荐伊甸老师，倒是我没有想到的，他说你出诗集，请谁写序都没有请伊甸老师更合适。伊甸老师在20世纪80年代的诗歌界就很有影响力，且德高望重，他在自己经济不宽裕的时候倾囊相助朋友的美德，也一直在朋友间流传，对一众写诗人多执赞美之词。

初见伊甸老师是在一次县作协活动上，那时候只觉得他高大帅气还干净，有种只可远观不可近读的距离感，那时候连加他微信好友的勇气都没有。也不知道什么时候加的好友，不知道从什么时候开始就喜欢看他的朋友圈，不知道从什么时候开始虽不太交流却在心里认定他是朋友般的老师。

因为自卑心理作怪，一直不知道在何种情况下请求伊甸老师写序，只得想了一个比较拙劣的办法：请伊甸老师来海盐小聚。请之前心里还有点忐忑，不知道伊甸老师会不会拒绝。想不到伊甸老师亲和极了，说要携夫人一起来。已是春末时节，草长莺飞、万物复苏，想着伊甸老师愿意来我这穷家陋舍小聚，心都要和春风一起飞翔了。我们约定在5月19日相见。伊甸老师很细心地跟我要了地址。

　　伊甸老师来的那一天，我发现自己没有准备多少可口的小菜。我的屋子好小啊，感觉伊甸老师进屋是要弯腰的，吃饭的时候又觉得桌子也有点矮，伊甸老师真的好高，我应该在八仙桌上招待他们的，这是事后才想到的。

　　关于写序的事，吃饭前杨飞私下里问我说了没有，我说没有。他一听就急了，直接在吃饭时帮我提了，想不到伊甸老师一口答应。

　　在写诗这条路上，我完全是盲人走路，瞎写瞎撞，没有章法，且数量不多。在写后来的作品时，我时常会发给伊甸老师看，希望能得到伊甸老师的指点。记得写《在袁花听雨》这首时，我将其发给伊甸老师，伊甸老师很快回复我说：你居然写袁花，我正好和一帮袁花人在一起喝酒。

　　再后来在培训课上相遇，又觉亲近许多。那时候我已经读了伊甸老师的一部分作品，愈发喜欢他的文字。伊甸老师的文字有一种从骨子里散发出来的真实、热情、亲和、内涵，以及呐喊，有种穿透心灵的共鸣。像我这样的新学之辈，他也从不吝啬赞美之词与关怀之言。

　　想起来当初认识吴主席、芦老师、周西西一行时，我于诗歌完全是门外汉。他们每年出佳作新书时，我只持欣赏与仰望之心，主要原因是自卑，不敢奢望。想起在《嘉兴日报》刊登的第一组诗，还是一笑帮我推荐的。我是一个自卑的人，投稿这件事，于我，就像暗恋一个人，想表白又怕被拒绝。之后也是芦老师、吴主席一路指点扶持。只能说我运气比较好，在文学这条路上所遇皆贵人。在此以文字对所有帮助过我的师友表示衷心的感谢。

　　请伊甸老师写序这件事，我还私下里非常俗气地问杨飞要不要给钱。杨飞一口拒绝：别跟伊甸提钱。杨飞说他和伊甸老师都崇尚君子之交淡如水。

　　啰里啰唆写下这些文字，也不知道想表达啥。对一个生来就没有大理想的人，能出一本诗集已经是无上的欢喜。

　　愿之后余生：在泥土的原味里挖出一首又一首诗；在风吹过的枝头挂上一个又一个梦想；在琐碎的日常里记录时代的印记与变迁；在小日子里丰盈一程又一程的因缘。

何　忧

2023年4月